猫狗日记

爱讲究和小邋遢

友情大考验！

[爱尔兰] 妮可拉·科尔顿 著/绘

刘娜 译

中国出版集团
中译出版社

图书在版编目（CIP）数据

爱讲究和小邋遢之友情大考验！ /（爱尔兰）妮可拉·科尔顿著、绘；刘娜译. -- 北京：中译出版社，2023.6
（猫狗日记）
书名原文：Jasper & Scruff
ISBN 978-7-5001-7373-1

Ⅰ. ①爱… Ⅱ. ①妮… ②刘… Ⅲ. ①儿童故事—图画故事—爱尔兰—现代 Ⅳ. ①I562.85

中国国家版本馆CIP数据核字(2023)第050388号

著作权合同登记号：图字01-2023-0888号

爱讲究和小邋遢之友情大考验！
AI JIANGJIU HE XIAO LATA ZHI YOUQING DA KAOYAN!
[爱尔兰]妮可拉·科尔顿 著/绘；刘娜 译

策划编辑：王子超 巴 扬
责任编辑：张 猛
文字编辑：胡婧尔
营销编辑：靳佳奇 王 宇
版权支持：陈 卓
封面设计：鹿 食
内文排版：孙 庚
出版发行：中译出版社
地　　址：北京市西城区新街口外大街28号普天德胜大厦主楼4层
邮　　编：100088
电　　话：（010）68359827；68359303（发行部）；
（010）62058346（编辑部）
电子邮箱：kids@ctph.com.cn
网　　址：http://www.ctph.com.cn
印　　刷：北京盛通印刷股份有限公司
规　　格：880毫米×1230毫米 1/32
印　　张：3.125
字　　数：40千字
版　　次：2023年6月第1版
印　　次：2023年6月第1次
ISBN 978-7-5001-7373-1
定　　价：38.00元

中 译 出 版 社

贾斯珀是一只爱讲究的猫咪，他知道自己喜欢什么，想要什么。

他住在一栋高档大楼的顶层，大楼下面还有门卫看守，可讲究啦！

食品中心

他有一个大书柜，里面装满了装帧精美的名著，仔细看，它们可都是按照颜色排列的呢！

奥德赛
爱伦·坡诗集
儒勒·凡尔纳
杀死一只知更鸟

他还有一个漂亮的衣橱，里面摆放着各种各样的小领结。只有你想不到的，没有他收藏不了的！

24克拉
纯金
限量版

但是，只有一样东西是贾斯珀没有的，那就是一群“合拍”的好朋友。这时候，就得介绍一下大名鼎鼎的**“喵不可攀[1]”俱乐部**了，这是一个汇聚精英猫咪的团体。成为他们中的一员是贾斯珀最大的愿望！

1. 原文为：sophisiticats

“喵不可攀”俱乐部的成员享有很多特权。无论是时髦的活动、豪华的餐厅还是有趣的派对，他们都能拿到那张专属的“VIP尊享入场券”。

但是呢，只有最讲究的猫咪才可以加入这个团体。为了成为会员，贾斯珀精心制订了一个计划……

寄出晚宴邀请函后，贾斯珀每天都在等待他们的回信。

他等啊等，等啊等……

一天早晨，贾斯珀正在熨领结，一个尖尖的东西从背后砸中了他的脑袋。

只见一个精美的信封滑落到地上，信封上印着几个金光闪闪的大字——“贾斯珀”。

贾斯珀捡起信封，小心翼翼地打开。

亲爱的贾斯珀：

“喵不可攀”俱乐部同意出席您的晚餐派对。星期六下午7点整，我们将准时驾到。我们希望能够品尝到无与伦比的晚餐、体验精彩绝伦的活动。注意！一切都必须无比美喵[1]。否则，您很难挤进我们这个拔尖的团体。

谨此致喵意[2]

“喵不可攀”俱乐部

---

1. 原文为 purrfect
2. 原文为 cattiest regards

“天啊！就只剩两天啦！！”贾斯珀看着日历，着急起来。没时间浪费了，贾斯珀立马忙活起来。

他把家里的银器擦得锃亮，再给艺术品掸掸灰，然后又把书柜里所有的食谱都找了出来，写了个购物清单，他甚至还泡了个澡，把自己洗得干干净净！

很快，晚宴这一天到来了。一大早，贾斯珀就兴高采烈地提着他的购物篮，特意跑去嗅嗅镇美食大街购买食材。

焙坊
乔瓦尼
熟食店
30
定制
蜡烛

在熟食店，贾斯珀挑剔地数了数荷兰豪达奶酪上的洞。

“嗯哼！伙计，这可不行。你得再戳几个洞！喵嗷……伙计！再给我拿一块你们这里颜色最蓝、味道最浓郁的斯提尔顿奶酪！”贾斯珀挑着眉毛向店长说。

在鱼店，贾斯珀拿出卷尺量量老板手里的鱼，看看它是不是自己想要的大小。

到了烘焙坊，他也要亲耳听听面包蓬松起来时发出的声音，看看面包是不是烤得刚刚好。

在美食大街，一路上，贾斯珀东闻闻，西戳戳，还不忘捏上两下。

他严格把关，只有最好的食材才能通过筛选，进入他的篮子。

回家路上，贾斯珀走进了公园里的小路，打算抄个近道。突然，他听到身后有奇怪的喘息声……

贾斯珀转过身，发现有个小东西正在盯着自己。但是，对于这个小东西，贾斯珀可是一丁点儿也喜欢不起来呀。

因为，他是一只小狗。

贾斯珀耸耸肩，他本来就不喜欢狗，更别说小狗了，小狗浑身上下全是他讨厌的坏毛病。又吵、又没规矩，最可怕的是，还脏兮兮的，真是受不了啊。

汪
汪

小狗歪着他脏兮兮的小脑袋，眼巴巴地看着贾斯珀。他激动地跳到贾斯珀身上，用它沾满口水的舌头把贾斯珀一通乱舔。

“天呢！起开！起开！”贾斯珀嫌弃坏了，他赶紧放下手里的东西，拿出丝绸手帕擦去脸上的口水。

“汪汪！哥们儿，我叫斯卡夫，你叫什么嘞？”小狗一边汪汪叫，一边兴奋地摇着尾巴。

“真无聊。”贾斯珀可不想搭理他，他捡起东西，扭头就走。

谁知道，斯卡夫也跟了上来。

“甄伍廖？你的名字可真有趣！嘿！哥们儿，你喜不喜欢这个公园？我可喜欢啦！我喜欢在这儿玩游戏！你想不想玩**捡球——**”

贾斯珀还没来得及回答，斯卡夫就跳进了旁边的花丛里。

不一会儿，他叼着一个沾满口水的小球回来了，还把它扔到贾斯珀脚下。

“哈，这主意不错！”

贾斯珀挑挑眉毛。他用手帕裹起脏兮兮的小球，然后使劲一扔。

“快追，捡回来——”贾斯珀大喊一声。

斯卡夫激动地跑去捡球。

贾斯珀赶紧趁机溜回了家，“咔哒”一声把门关紧。

“真要命！这个小家伙弄得我浑身是泥！哎呀，还好给他甩掉——”

话音未落，贾斯珀就被脚边的景象吓了一跳，手里的东西“哗啦啦”掉了一地。

贾斯珀没想到，斯卡夫竟然一路跟着自己回到了家，现在正坐在地板上摇尾巴呢。

“怎么又是你？小家伙，你是怎么逃过门卫的眼睛，溜进我家的？”

“汪汪！不告诉你！”斯卡夫摇摇尾巴，再次把球丢给贾斯珀，“嘿，哥们儿，再来一次？”

贾斯珀转转眼珠子，想到一个好点子。他又用手帕捡起了球。

贾斯珀打开门，走到走廊，把球扔下了楼梯。

斯卡夫追着球跑了下去。贾斯珀也紧跟其后。

贾斯珀又故意把小球扔下公寓门外的阶梯。小球一路滚到了街道上。

“要不然，我们换个游戏吧，小家伙，玩捉迷藏怎么样？听着，你回到公园，数到一千，我躲起来。怎么样？”贾斯珀说。

“汪汪！那你也来公园吗？哥们儿！”

“喵嗷——对的对的。等会儿我就过去，我先去穿个外套。”

“好嘞，你可躲好了，我可会玩捉迷藏了！”

说完斯卡夫兴高采烈地跑了，贾斯珀得意地转转眼珠子，心想：哼，总算走了呢。

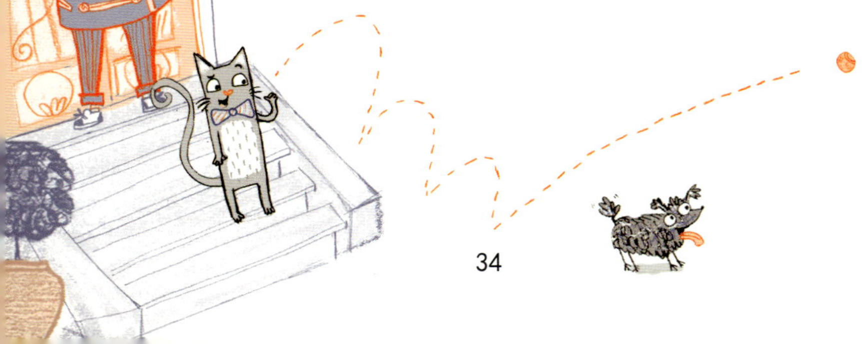

贾斯珀扭头上了楼。

回到家，贾斯珀把购物袋都放到厨房的桌子上，然后戴上他的厨师帽，拿出食谱。

真倒霉啊，他伸手想拿刚刚买的鸡蛋，却发现它们已经碎了。

“这下好了，全完了！没鸡蛋怎么做‘三文鱼舒芙蕾’呀？！”贾斯珀一边把沾了鸡蛋液的爪子擦干净，一边大声嚷嚷着。

没办法，总得用三文鱼做点儿什么吧，贾斯珀只好一边叹气，一边把“三文鱼舒芙蕾”从菜单上划去，换成了另一道菜——“三文鱼盲盒料理”。

贾斯珀在厨房里忙得不可开交，一会儿切菜，一会儿搅东西，还时不时探出鼻子嗅嗅美食的气味。终于，一切都准备就绪啦。煮的汤“咕嘟咕嘟”冒着泡，鱼在烤箱里烤着，蛋糕也冷藏定型了。贾斯珀开始布置餐桌啦，他摆好餐具，点上蜡烛，刚准备把餐巾纸叠成天鹅的形状，门铃就响了！

“叮咚——”

“天呢，他们来了！”贾斯珀一下子跳了起来。

没时间叠餐巾纸了。贾斯珀赶紧整整他的小领结，跑去开门。

“喵喵俐女士！见到您真开——”

“是呢是呢！餐厅在哪儿呢？我已经饥肠辘辘啦！”喵喵俐直接打断贾斯珀，顺手把自己的毛皮大衣扔到贾斯珀身上。

“这边请！这边请！您不用客气，有什么需要尽管说！”

“哎哟，我都口干舌燥了！”喵喵俐一屁股坐在餐桌的主座，打了个响指，“快！小家伙，快给我奉上一份你这儿最好的‘起泡猫薄荷汁’。”

喵喵俐瞟了一眼面前散乱的餐巾纸，在她的笔记本上草草地写了几句评价。

还没等贾斯珀走到厨房，门铃又响了。

“叮咚——”

“猫傲天！猫老橘！见到你们真高——”

“外面真是寒气袭人啊！快点，小家伙！赶紧给我呈上一杯热巧克力，让我暖暖。”猫傲天搓着手说。

“我要一杯香草奶昔，切记，在上面点缀一颗樱桃！”猫老橘接着说。两人昂首阔步，都懒得多看贾斯珀一眼。

“嘿！接住！”猫老橘随手把手杖扔给贾斯珀，正好打中贾斯珀的鼻子。

“喵呀！”贾斯珀疼得直叫，“好嘞好嘞，这边请，这边请……”

“小家伙，我的起泡猫薄荷汁还没好吗？”喵喵俐看到他们进来，催促贾斯珀道。

“请稍等，女士，马上就好！”贾斯珀深深地鞠了一躬。

说完，贾斯珀赶紧跑到厨房，拿出他最漂亮的水晶杯，倒了一杯起泡猫薄荷汁。

随后贾斯珀热了一锅牛奶，加入一些巧克力搅拌均匀，接着把混合后的饮品倒入一个精美的马克杯。

他又打了一些奶油，打到胳膊都酸了，才拿勺子把奶油舀到巧克力牛奶上，再点缀几个棉花糖，撒上巧克力碎，猫傲天的热巧克力就做好了！

下面是猫老橘的香草奶昔。贾斯珀先往混合器里加入冰激凌和牛奶，然后使劲摇晃，摇成绵密的奶昔，再倒进一个高玻璃杯，最后在顶上放上一颗樱桃，就大功告成啦！

贾斯珀小心翼翼地把三杯饮品放进一个银色托盘里，准备上桌啦。

没想到，贾斯珀刚踏进走廊，就被一个软乎乎的脏东西绊倒了。没错，又是斯卡夫！

托盘飞了出去，上面的饮品“噼里啪啦”摔了一地。

贾斯珀难以置信地看着一地的狼藉。这时，那个沾满口水的小球又滚到了他脚边。

“哈！捉到你啦，哥们儿！你可真会藏啊！我在公园找了一圈都没找到。你竟然在这里！汪汪！”斯卡夫高兴地汪汪叫。

贾斯珀深深地叹了口气，心想：他怎么又进来了？他到底是怎么进来的呀？！

但现在没时间管这些了。贾斯珀抓起斯卡夫，把他拎到卫生间："嘘——小家伙，现在我们玩个安静的游戏。今晚你就待在这儿，只要你能安安静静地待上一晚上，你就赢啦！"

“嘿嘿，这个我没玩过！我喜欢新游戏！哥们儿，这游戏赢了有奖励吗？”

“喵嗷……有呢，奖励你好吃的！”贾斯珀敷衍道。

说完，贾斯珀把浴室门关得紧紧的，掏出手帕擦掉脑袋上沾的奶油。

“何事喧哗？真让人讨厌！我的起泡猫薄荷汁到底好了没啊？”喵喵俐嚷嚷道。

“还有我的热巧克力呢？”猫傲天抱怨道。

“抓紧啊！小家伙。我要喝奶昔！”猫老橘也等不及了。

“马上就来——出了点儿小意外，马上就来！”贾斯珀赶紧应道。

“嗯哼，‘喵不可攀’俱乐部可是向来不喜欢所谓的‘小意外’呢。”喵喵俐意味深长地说。

很快，贾斯珀重新做好了饮品，端到了餐厅，然后又回到厨房继续做菜。

“谢天谢地，终于喝到了。”喵喵俐说。

“早该上了。”猫傲天说。

“嗝——”猫老橘饮品都喝完了。

贾斯珀端来了今晚的第一道菜。

“请……允许我……介绍……这道……奶油羹……配……猫薄荷……面包丁——”贾斯珀气喘嘘嘘地报上菜名。

喵喵俐尝了一口，然后把碗碟递回给贾斯珀说：“呃，这也太寡淡了，再给我加点调味料。”

“太稀了，再加点奶油。”猫傲天接着说。

“太少了，一口就没了！再给我来点呀！”猫老橘囫囵吞下。

贾斯珀只好收了他们的碗，回去厨房重新做。

幸运的是，重做的汤勉强得到了客人们的认可。他们一致评价说："还凑合。"

紧接着，贾斯珀端来第二道菜，他心想：这道"三文鱼盲盒料理"包你们满意！但他并没有得到他想要的评价。

"骨头太多了。"喵喵俐说。

"太难嚼了。"猫傲天说。

"呃……酱……太少……太少……了……"猫老橘的脸被食物塞得鼓鼓的，话都说不清楚了，还在挑毛病。

“好的，我这就拿走重做。”他嘟囔着。

贾斯珀开始怀疑自己到底应不应该加入这样的“喵不可攀”俱乐部。

贾斯珀端来重新做好的第二道菜，客人们狼吞虎咽，贾斯珀却十分忐忑，心里在默默祈祷，他紧张得都忘了吃自己的那份。

“呃……勉强能入口吧。”喵喵俐还是不太满意，不过其他两位把盘子都舔干净了。

贾斯珀想到自己还有一道拿手菜，可以用它来扭转这个糟糕的局面！那就是人见人爱的“咸焦糖蛋糕”。

贾斯珀一边想，一边把空盘子拿回厨房。

谁知道，贾斯珀才踏进厨房就忍不住深吸一口气，瞪大了眼睛。天呢！焦糖奶油全没了！咸焦糖蛋糕现在只剩下光秃秃的海绵蛋糕胚，上面是一层毛绒绒的毛发，还有脏兮兮的口水！

而闯祸精现在正站在蛋糕旁边高兴地汪汪叫呢。

“嘿，哥们儿！我都安静了好一会儿了。我猜游戏早就结束了，你看，我自己还找到奖励啦！太好吃了！汪汪。”斯卡夫高兴得手舞足蹈。

“瞧你干的好事！我漂亮的蛋糕——”贾斯珀正想生气，但是一想到那几个猫咪对他的态度，他突然露出了一抹微笑。

“哼哼，好戏来咯，说不定他们喜欢吃这样的‘美食’呢！”

贾斯珀从抽屉里拿出一根绳子，他用一端绑住斯卡夫的腿，另一端绑住桌腿："抱歉了，斯卡夫，在我的客人走之前，你可得老实待着哟。"

"汪！好嘞！这是新游戏吗，哥们儿？"斯卡夫傻乎乎地问。

"对呀。喵嗷——"贾斯珀关上门。

贾斯珀把这一团毛绒绒的蛋糕端上了桌，夸张地挥舞着手臂："甜品来咯！"

"天啊，这是何物？太可怕了，像一团垃圾！"喵喵俐惊呼。

"这是'斯卡夫奶油蛋糕'！您没听说过吗？这可是比利时女王最爱吃的甜品呢！您肯定知道。"贾斯珀得意地胡说起来。

"啊？哈哈，当然，我当然知道啦。斯卡夫……奶油蛋糕，呃！对，我想起来了！"说着，喵喵俐赶紧咬了一大口。

“呃……甚好甚好，我也很喜欢吃这个！那些高端的时髦派对里都提供这个呢！”猫傲天也连忙附和说。

“嗯哼，是呢，我前天才吃过呢。”猫老橘也不甘示弱。

“是呀是呀，您肯定吃过。”贾斯珀笑得很夸张。

“呃，我都忘了，这些一长条一长条的东西是什么来着？”喵喵俐用叉子叉起斯卡夫的毛发问。

“这个嘛，这是一种精心制作的糖丝。这可是比利时最好的甜点师的杰作！非常独特，价格昂贵！”贾斯珀转转眼珠子，机智地回答说。

“嗯——美味！”喵喵俐说。

“真是吃不够呀，太好吃了，呃，还有点儿湿湿的……”猫傲天也点点头。

“嗯哼，和我上次吃的一样好吃！”猫老橘说。

“你们的认可简直是我的荣幸。现在，是时候来点儿娱乐活动了。请允许我为你们演奏一曲！”贾斯珀优雅地坐在钢琴前，弹奏起他最爱的曲子。

“慢得让人昏昏欲睡。”喵喵俐不耐烦地用爪子敲着桌面。

“好无聊啊——”猫傲天打着哈欠说。

“来点劲爆的啊，小家伙，快，快！”猫老橘一副高高在上的样子，抄起手边的叉子就朝贾斯珀的脑袋扔了过去。

贾斯珀正打算重新投入演奏，却瞥见斯卡夫不知什么时候跑到了餐桌底下！他绕着圈追着小球跑，绑在脚上的绳子跟在他身后，一圈又一圈，就这样，绳子慢慢缠住了客人们的脚。

贾斯珀演奏完毕，礼貌地向大家鞠躬致谢。

“嗯哼，贾斯珀，我们也看够了、听够了。不过，我觉得你没资格加入‘喵不可攀’俱乐部，**你不是这块料**。”喵喵俐严厉地说。

“我也觉得贾斯珀不够格。”猫傲天点头赞同。

“是啊，我们赶紧走吧，说不定还能赶上‘天鹅绒剧院’的演出呢！”猫老橘催促说。

三只猫咪准备起身离开……

"啪嗒！"

喵喵俐摔了个脚朝天，一头扎进了剩下的蛋糕里。

"噗通！"

猫傲天扑倒在桌子上，撞翻了桌上的蜡烛，他头上的帽子着火啦！

“嘣！”

猫老橘从椅子上弹起来，他的屁股一下子挂到了吊灯上。

“天呢，我美丽的毛毛上都是蛋糕了！”喵喵俐叫嚷着。

“我的帽子烧焦啦！”猫傲天叹了口气。

“哎呀！救救我！我快要掉下去啦！”猫老橘大叫。

伴随着“刺啦”的撕裂声，猫老橘摔了下来，一屁股坐进一大碗奶油里。

斯卡夫摇着尾巴从桌子底下钻了出来。

“狗！”他们三个大惊失色，齐声大叫。

“难以置信！你竟然让世界上最烦人的怪物待在你家里！”喵喵俐一手叉腰，一手指着贾斯珀，“记住我的话，你永远！永远！也别想加入‘喵不可攀’俱乐部！”

“我附议！”猫傲天说。

“哼！气煞我也。非常，非常赞同！”猫老橘红着脸，用手捂住自己屁股上的破洞。

“嗯哼！我还不想加入呢！谁要是加入你们，那可真就遭罪喽！！还有，他不是怪物，他有名字，他叫‘斯卡夫’！”贾斯珀终于有机会反击他们啦。

“什么？斯卡夫？这个蛋糕——的名字？”喵喵俐颤抖地说，好像下一秒就要晕过去了。

“嗯哼。是呢！斯卡夫可是帮了大忙了！没有他就没有这蛋糕！”贾斯珀龇起牙。

“斯卡夫……帮的忙？！”喵喵俐紧紧抓着自己的脖子，好像明白了什么。

猫傲天和猫老橘目瞪口呆，傻站在那儿，脸都绿了。

“对呢，是斯卡夫把蛋糕上的奶油舔得一干二净，他可是个大功臣呢！”贾斯珀解释说。

三只猫咪听了之后，争先恐后地跑出了房门。

贾斯珀赶紧帮斯卡夫解开绳子，他还隐约听到那三只猫咪在大街上的尖叫声。

“喵呜，斯卡夫，认识你真是太……唔，怎么说呢，太有趣了。”贾斯珀准备和斯卡夫告别，“现在，我得去收拾一下啦，你也该回家了。”

“嗯，那好吧，哥们儿，那就……那就拜拜了。”斯卡夫睁大了眼睛，眼泪汪汪地说。

贾斯珀在钢琴前坐下，松了一口气。多亏斯卡夫，他才逃过一劫，没有加入“喵不可攀”俱乐部。那些猫咪们太可怕了！可是，为什么他感觉心里怪怪的呢。

“铛——”

贾斯珀同时按下了好几个琴键。他开始反思自己是不是对斯卡夫太坏了？

贾斯珀赶紧跑到门口，一把拽开门。

“斯卡夫——”

贾斯珀大喊。

“嘿，我在这儿，哥们儿！”斯卡夫小声说。

“你还没走！”贾斯珀低着头，看着这只脏兮兮的小狗乖巧地坐在门垫上。

“汪汪，我没地方可去。”

“小家伙，你没有家吗？”

“汪汪，应该没有……我都是睡在公园里。”

“喵呜，家里还剩了好多吃的，小家伙。要不——我是说，哥们儿——你要是愿意和我一起解决它们，那就帮大忙了！”贾斯珀用尾巴指指门，欢迎斯卡夫进去。

“好吃的?!”斯卡夫一听，蹭的一下就进去了。

正当贾斯珀为他准备美食时，他听到斯卡夫在客厅里跑来跑去，偶尔还有“沙沙沙”和“砰砰”的声音。

贾斯珀不知道他在干什么，就探出脑袋瞧瞧。

“唉？斯卡夫？”他看到斯卡夫从沙发上扯下来一个大坐垫，“嘿！哥们儿，你不用客气，怎么舒服怎么来。不过，你这是在干什么呢？”

“汪汪，这是个惊喜！等我十分钟！”斯卡夫把另一个坐垫也扯了下来。然后又是一阵“沙沙沙”和“砰砰”的声音。

“喵呜……好吧。”贾斯珀抱着自己的胳膊，极力克制自己，容忍着斯卡夫把房间弄乱。

一会儿，贾斯珀端着一盘摞得高高的“三文鱼盲盒料理”和一份刚出炉的蛋糕回来了。而眼前的景象让他大吃一惊。

“天呢！哥们儿！这也太温馨啦！”看到斯卡夫布置的客厅，贾斯珀深吸一口气。

原来，斯卡夫用坐垫和毯子做成了一个舒适的小帐篷。

“你不进来吗？哥们儿。”斯卡夫说。

他们一起快活地吃啊，聊啊。贾斯珀突然发现：怎么感觉我这次做的食物前所未有的好吃！我好像好久没这么开心了！

吃饱了，贾斯珀和斯卡夫挺着圆滚滚的肚子，揉揉眼睛，打起了哈欠。

“哥们儿，要不你就住我这儿吧！我有好多房间呢！等你找到好去处了再说，现在就睡我这儿吧！”

“你真好，哥们儿，谢谢你！”斯卡夫激动地跳到贾斯珀怀里，用它沾满口水的舌头在贾斯珀的脸上又是一通乱舔。

斯卡夫蜷缩在几个垫子上，贾斯珀给他盖上毯子。

“晚安啦，哥们儿。”贾斯珀小声说。

贾斯珀蹑手蹑脚地穿过房间，开心地关上了灯。

看来，他终于找到那个“合拍”的朋友啦！